U0009618

LOCUS

LOCUS

LOCUS

LOCUS

catch

catch your eyes ; catch your heart ; catch your mind……

catch 47　36歲求愛遺書

作者：侯俊明

責任編輯：李惠貞

美術編輯：何萍萍

法律顧問：全理法律事務所董安丹律師

出版者：大塊文化出版股份有限公司

台北市105南京東路四段25號11樓

www.locuspublishing.com

讀者服務專線：0800-006689

TEL：(02) 87123898　　FAX：(02) 87123897

郵撥帳號：18955675　　戶名：大塊文化出版股份有限公司

版權所有　翻印必究

總經銷：北城圖書有限公司　　地址：台北縣三重市大智路139號

TEL：(02) 29818089 (代表號)　　FAX：(02) 29883028　29813049

排版：天翼電腦排版印刷有限公司　　製版：瑞豐實業股份有限公司

初版一刷：2002年 7 月

定價：新台幣 240 元

Printed in Taiwan

36歲
求愛遺書

侯俊明◎著

離婚同意書

一九九八年八月，盛暑。蟬鳴。
在進玲的堅持下 俊明與進玲結束了婚姻關係。
不再以丈夫與妻子的角色相互承擔。
在面對舊關係死亡的同時 俊明與進玲也深深的許諾著
在未竟的英雄旅程中，依然有一種
可以相互支持並給予生命滋潤的新關係被建立。

立約人

侯俊明 侯俊明 [印]

徐進玲 [印]

見證人

彭雅玲 [印]

[印]

中華民國八十七年八月二十五日

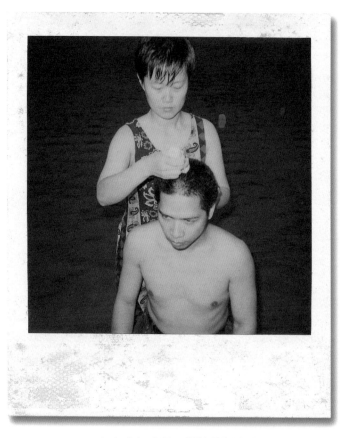

一九九八年盛暑　攝於苑裡海邊

自序

在先前的婚姻裡，妻子是我創作的守護神。

當她離開我去追尋她自己的夢想之後，我整個人癱瘓掉了。無論是身體或精神意志都僵凍痛楚。失去了行動力，失去了自我整合的能力。

我就像隻受傷的小獸，退縮、易怒。原先在情感與事業上的支持系統也隨著瓦解。朋友們一個個失去聯結。

而當我年少時，亦曾許諾自己要在三十七歲之前拼命創作，盡情燃燒生命。因為那是眾多天才死亡的年齡。現在我也已經來到了這個生命關卡。

在恐懼死亡、孤單的日子裡，我以大量的隨手畫、自由書寫以及散步、靜心來陪伴自己。並且尋求專業諮商與團體治療。

西元二○○○年春天，閉關之後，我在裝著隨手畫的木盒子上以毛筆端正地重新書寫給妻子的書信。宛若在寫著自己婚姻的墓誌銘。

那是一個讓自己在死亡中重獲新生的重要儀式。

內在的情感牽繫與悲傷就在反反覆覆的書寫中，一個段落一個段落的被放下。

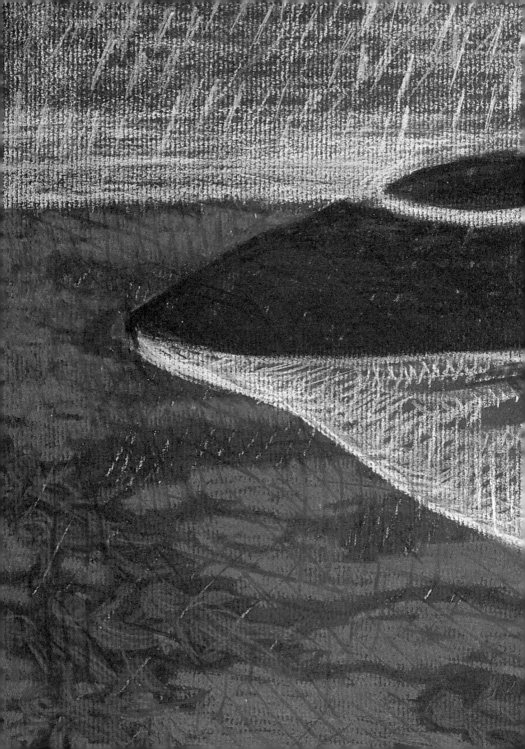

親愛的：

趁我體溫猶在，我要與妳分享我的喜悅。

妳知道的，我怕熱。動不動就要汗流滿面。

倒也不是做了什麼了不得的大事。只是

早上醒來，收拾了廚房。

又用力認真的刷洗了浴室。

把這半年來一直看到的污漬刷掉。

洗滌，

真是一件快事。

我是罪人。而妳
純潔無瑕。

1996.8.28

親愛的：

在妳出國前，我們的互動是很棒的。

是一對可以分享的朋友。

我常覺得要我們去扮演妻子丈夫的角色，對我們來講都太吃力了。

如果可以「如實」的去接受對方，將會有更深的互動的。

角色，尤其是婚姻裡的角色要求，是很容易扭曲、壓抑自己的。

因為我們知道我們對對方負有很重的責任。

真希望妳一切的決定都是緣於自己的真實需要，而不是牽就我。

我也一直在調整可以不依賴別人。不要相互造成枷鎖。

親愛的，不造成枷鎖，並不意謂著要變成兩個冷漠無關的人。

依然要形成一個「我們」的狀態。

讓「我們」可以一直共振、一直成長，這是很令人興奮的。

形成一個「我們」，是要讓生命更豐美的。

到了他鄉異國，單獨一人

有讓妳更清楚感受到妳自己了嗎？

未來的路被呈現出來了嗎？

1996.9.9　俊明

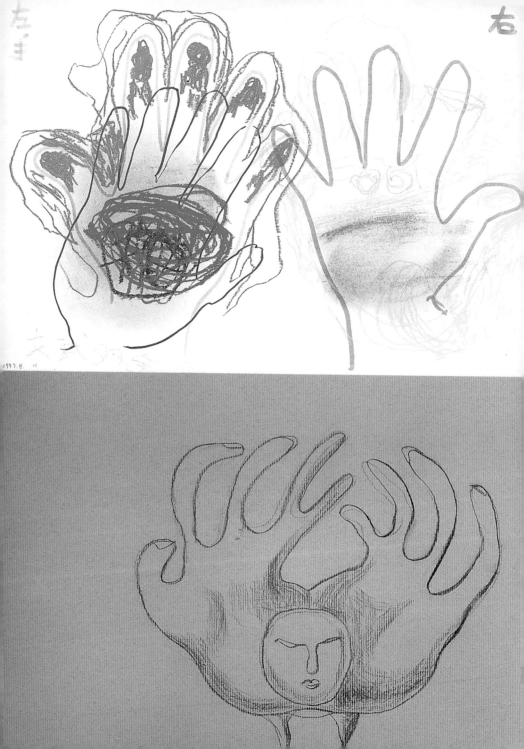

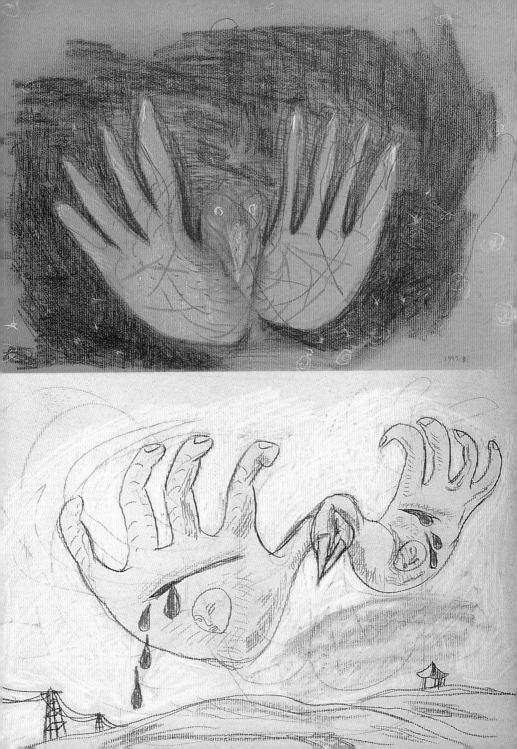

親愛的：

傳眞三張收到了。

還在猶豫是否去金門。　還在猶豫是否能對小孩負責。

這兩年最大的成長是終於看得下奧修的書了。

體質的轉換很慢。

年底再搬下苑裡試試看能不能畫風景畫。

畫畫事小，重要的是要重建內在的價值感。

要把推積的雜物理出一個秩序來。

人的內外秩序其實是一體的。

1996.9.9

今日在屋子裡嚎哭。

傍晚出門，騎著機車在路上也哭。

親愛的，

說「家毀人亡」，並不是什麼氣話。

是真實感受。

既沒有家，也就成了游魂。

結婚後，安定下來，不再有到處跑的動力。

原本以為是「老」了，或是所謂「能量被卡住了」。

如今我才明白，是因為有所掛念。

是因為要把大部分的心神貫注在伴侶身上。

人生無常。

要面對變局是很痛若的。

而今我又成了游魂。

1997.9.3　俊明

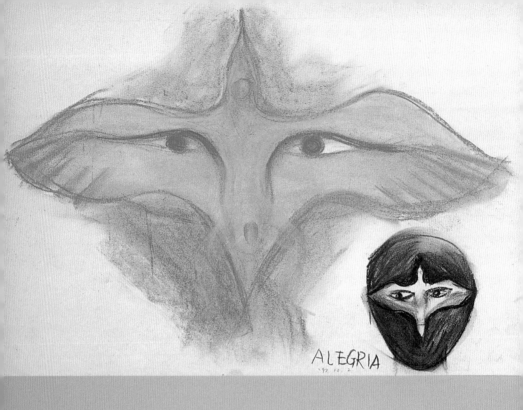

ALEGRIA

'92. 10. 2.

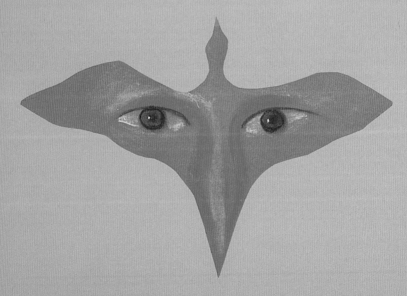

ALEGRIA

去年。妳去美國之後，我很輕易的就進駐了這個房間。

而今。雖然妳已拿走了大部分妳的物品，但整個房間還是

滿滿的、濃濃的，妳的氣息。

一時之間很難接手。

活在一個「不在」的人的磁場裡，是十分不好受的。

日子真難熬，尤其是清晨醒來之際，

孤單感特別強烈，真的叫人想哭。

我十分的思念妳。而且

衷心期望兩人的關係不致生變。

1997.9.5凌晨2:01　俊明

1997. 9. 26. H

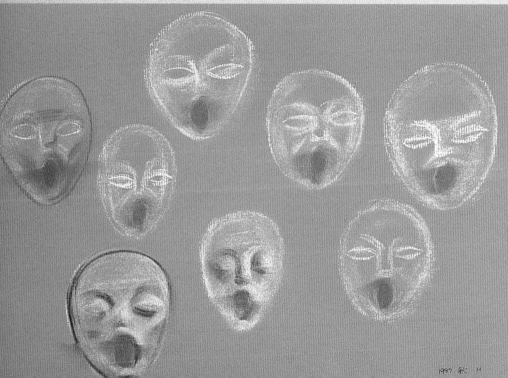

1997. 9/5 H

一個人睡覺很害怕。

在熄燈之後，闔眼卻尚未能睡著之際，

總會有可怕意象。

站立床頭盯著我。

我總要把房門**鎖**上。但何用？

1997.9.5凌晨2:01　俊明

親愛的：

其實，最想做的是 不出門。

但卻又一直安排著出門。

1997.9.6下午4:34　六腳侯氏

這兩年花了很多錢上成長課程。是有效的吧。
比較不會耽溺在憂傷裡。

不再像以前需要每天打電話轉換情緒。

這些人好像是我的母親，以電話餵養我。

現在妳已不在身邊了，
我反倒是不再打電話尋找安慰。

是更自足？或是更自閉？

孤島

一如妳離去之時，房子依然髒亂。
親愛的，我會努力收拾。
只是很慢
很慢。甚至更髒
更亂。

還沒去買窗簾　還沒去買音箱　還沒去買榻榻米

1997.9.7　六腳侯氏 俊明

親愛的，昨日半夜把這陣子的「隨手畫」貼滿臥房。
很感動。把時間軸再拉長，會是十分壯闊的。

日記式的創作，是過去我所不屑的。
不過，就視人生爲一個個接續不停的過程吧，
容許自己在不同的階段有不同的呈現。

要放鬆眞是不容易。
尤其當創作已演變成要去承擔各種需求時。
（金錢、名聲、志趣、療傷）

眞是沈重。

1997.9.8下午4:15　俊明

親愛的：

很想回苑裡。

苑裡秋天的光線很清澈。

惱人的版畫工作卻把我綁住了。

剛剛在黑色粉彩紙上畫黃色光點。

還記得初夏我們置身螢火蟲中做愛嗎？

三義幻境。

1997.9.9晨3:04　俊明于中和

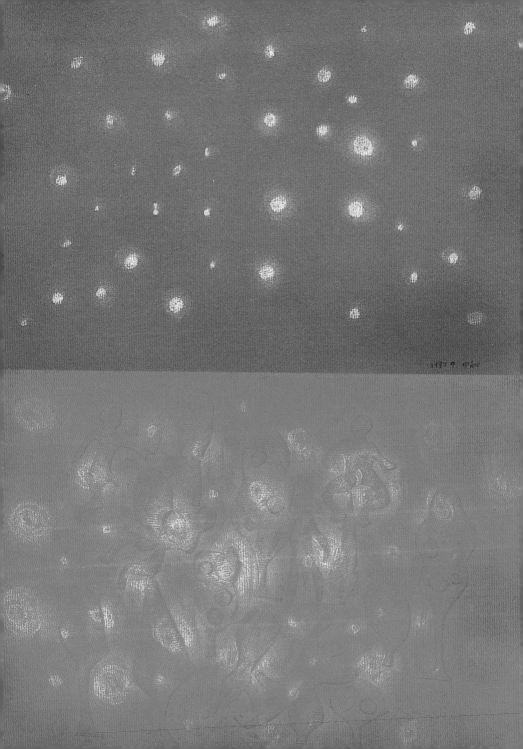

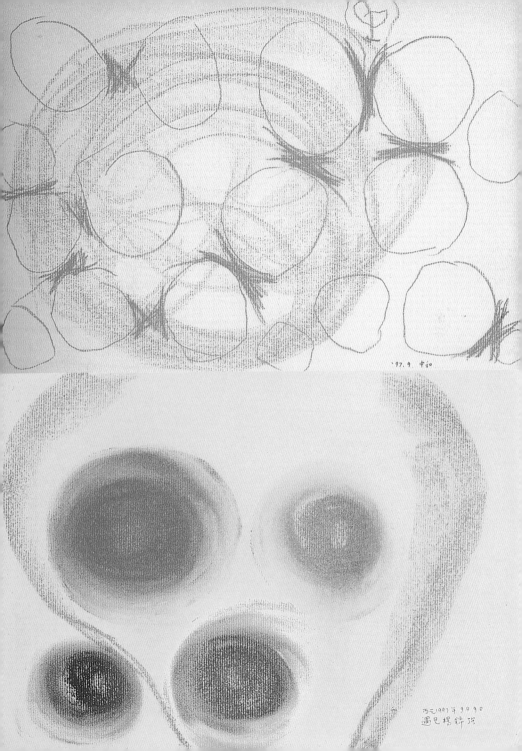

'97. 9 中和

西元1997年9月9日
遇見楊鈴花

1997.8. H

生活裡少了吃苦耐勞的太太，所有苦頭只好自己吃。

來來回回坐計程車處理故障機車，已花了我近千元車資。
天母的機車行認為它太老舊了。不願幫我修理。

奔波，不得要領。

生活瑣事處理不好，自我就被打擊了。

親愛的，
為什麼每年夏秋之際都要與妳分離？
小櫃子裡有很多電池到底是怎麼回事？

1997.9.9　近午11:40

親愛的：

風塵僕僕，

若有人問我追求什麼？

我的答案只有一個。

求愛。

1997.9.10

還未十一點

畫隨手畫卻畫到睡著了。　原本是要打電話給妳的。

凌晨四點鐘

醒來

不再睡。

親愛的，結緣至今

我最感謝妳的是妳很少猜忌我。

或許不能說妳信任我。而是妳的個性明朗，

不會讓自己在猜疑下過日子。

妳常說妳不喜歡複雜。

這是我的幸福。

俊明　1997.9.11晨7:50

親愛的，在大多數的日子裡我一天只吃一餐。

身心敏銳地甦醒著。

不必離開，我已經在旅行了。

前天植物園散步。

第一次和身上有刀疤、刺龍刺鳳的酒精中毒者交往。

好害怕。

還跟他回「家」——一間通風不甚良好的小套房。

暗夜的探險。

我也因此輸了一大筆錢。

俊明　1997.9.11晨8:45

親愛的：

明日中秋節。我會獨自在苑裡想念妳。

1997.9.15午　俊明

親愛的：

終究還是在台北「過中秋」。

每次回苑裡總會被這鄉下的氣味強烈的感動著，

並且再一次地確認著要住在苑裡。

但隔天醒來卻又迫不及待的匆匆離去。

待不住。

一個人過節特別不舒服。但也不想在此時找朋友。

不想讓人以為孤單可憐。

1997.9.16　俊明于中和

音樂，自從呼吸工作坊之後，陸續參加的團體課程也都大量使用音樂。在我與音樂之間建立了較密切、深刻的關係。

音樂。現階段的生命課題是如何讓能量流動起來。

親愛的，我不想在此時讓自己的生活環境有太大的變動。旅行或有利於創作。但搬家絕對是折損。

1997.9.16　俊明于中和

親愛的，是旅行的季節了。
但身邊的事似乎不那麼容易擺脫掉。

擱著不做是容易的。
但要真正可以沒牽掛就困難了。

尤其是這房子愈來愈亂，
怎麼完全喪失整理的能力了！
即使是小文具也建立不起系統。
無法歸位。

最後的淨土淪沒了。

臥房不再是臥房。

1997.9.20午11:30　俊明

幾天前才立志要成為可以獨立覓食的「野狗」。要讓自己「有肩膀」。要讓自己成為「男人」。結果遇到車禍卻完全沒有意識到要為自己爭取合理的對待。居然還安慰肇事司機說沒關係、沒關係，我沒有受傷，沒關係。

昨晚回家途中在汀州路口等紅綠燈。一輛無視紅綠燈存在的計程車衝撞上來。「砰」，頓時我整個人彈出去。
機車後半部都被撞爛了。
對方居然只給了我兩佰元就打發了我。

今天醒來，行動困難。腰椎痛。骨盆痛。

愈想愈氣，氣我自己。

1997.9.22　俊明

親愛的：

要我去與人交際應酬，尤其是與人交涉，真是令我害怕。

一直都很期待有個人可以幫我抵擋這些現實生活的壓力。
讓我可以一直躲在安全的角落裡，不受干擾、不被欺負，
做自己的創作。
就像藝術經紀人對藝術家的保護，讓藝術家可以心無旁
鶩，全心全力投入創作。

就像年少時，母親總是說只要把書讀好就好了，
其他的，就給她們去承擔。

五年來妳一直都很努力的在扮演我的保護者。代我向「社
會」交涉。從與工讀生溝通到展覽的執行。乃至大小傢
俱、電器的挑選、議價。

我知道妳很不願意扮演這樣的角色，所以妳的壓力、妳的
不愉快也都反彈到我身上了。讓我覺得我是一個廢人，我
是妳的負擔。在這樣的狀況下，我也愈來愈瞧不起我自
己。

我們彼此都感覺不到**溫暖**。

1997.9.22　俊明

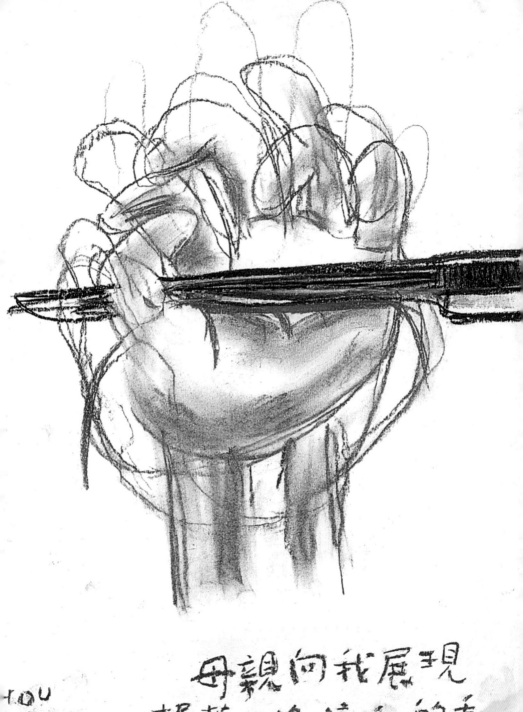

母親向我展現
握著刀鋒. 流血的手

TOU
97. 12.

親愛的：

明日。妳離家已滿月。

滿月的小孩。我指的是我自己，不知妳狀況如何？

一個月前的這個晚上，我因不堪「家毀人亡」，
氣憤得夜半出走。

短短一個月。但我已變成另一個人。
近日見到我的朋友都說我的臉形與體形都不一樣了。

是的，做為一個獨立的新個體，我滿月了。
雖然生活、生命裡仍有很多的猶豫、不確定。
例如如何處理苑裡土厝便是一個日夜困擾著我的難題。
不過，大致上我對我自己目前的狀況十分滿意。

將有愈來愈多的時間花在散步與旅行。

我將會發展出什麼樣的生命型態？
目標隱然若現而且也不欠缺方法去完成。

滿月，該給自己一個慶祝的。

咬緊牙根的一個月！

1997.9.30　俊明

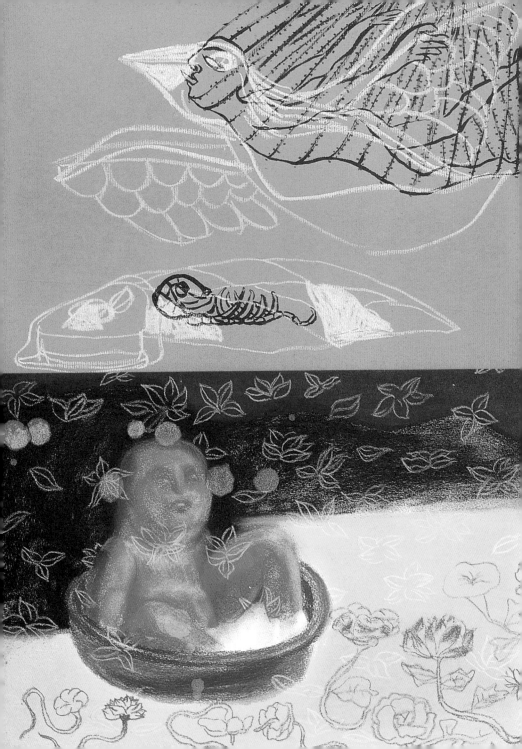

生日這一天實在不該讓自己忙的。

可以獨處。向許多東西告別。

向許多東西告別。然後揮步迎向新生。

可以躲在暗處飲泣。或者
走到山裡去哭山。走到海邊去嚎海。

無論如何總可以找到一個角落。撫慰自己。
這麼多年了。一路走來，是辛苦的。

當然，可以攜帶著這個舊身軀繼續走下去。
同時，也可以給自己一個新的可能。

以自己的力量再一次的生出自己。

成為自己的父、自己的母。

懷抱著這個新生兒。
給他一個深深的允諾。
給他最好的照顧。

1997.10.3　六腳侯氏

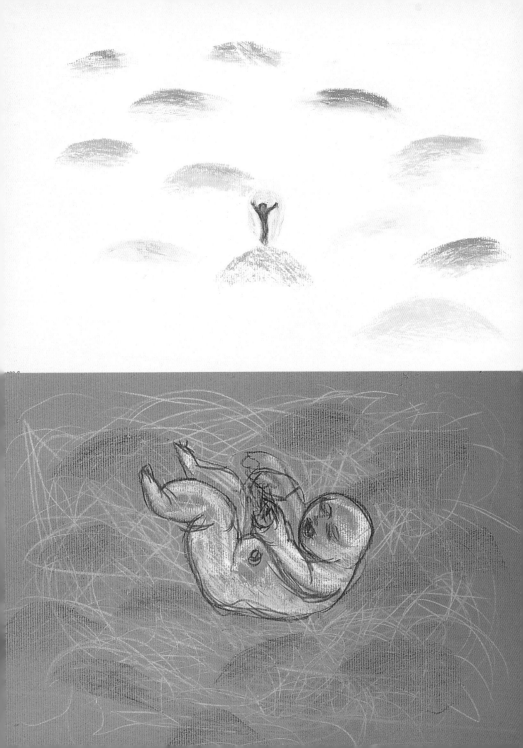

創作若不與他人、異文化對話，將導致什麼後果？

創作，其實比較接近是一種宣示。
既是宣示，何有對話之必要！

最理想的狀態是
有一個階段門戶大開。進行交流、移位、流浪。
有一個階段閉關自修。好好窩著，生根、化育。

1997.10.10　俊明于中和

其實，一點也不倒霉。

親愛的，我突然有個驚醒。「意外」的發生並不全是「意外」，其實，我是有預感的。但我卻沒有制止，以致於發生「意外」。

親愛的，我突然有個驚醒。我不斷地「製造意外」，增加事情的困難度，藉此讓別人覺得我可憐，我需要被幫助。（？）

現在我已不再向外索求照顧，可是我卻依然在製造災難，讓自己看起來很可憐，無助。

不。

1997.10.22

已經能夠自我照顧的俊明　于中和

1997.8.

親愛的：

九月份。吃得很少。運動。散步。能量流暢。

十月份。失去了這份節奏感。全身不舒服。

很奇怪的背痛。肩胛痛。

一直拉肚子。一直腹脹。

亂塞食物。

必須不斷的看電影。

想盡辦法在外頭晃。

有一種似曾相識的空虛感。

八月十一日至九月十日的國際電話費是3386元。

1997.10.25凌晨2:50　俊明于中和

親愛的，現在我正在新公園側門衡陽路上。

陰沈的下午三點鐘。冷。
早上一大早出門看電影。
到公園散步。

總是待在外頭。這就是我目前的生活。

早上起床已經無法像往常靜坐，坐不了五分鐘。也無法隨
音樂冥想或舞動。聽不完一首曲子。

幾乎每次上團體課，都會喉嚨癢。什麼意思呢？
總之，在那個團體裡，我是不講話的。

我知道我正處於拒絕別人關心的狀態裡。

噁心。

團體裡散發出來的溫暖，其實是很虛假的。

很想跟陌生人搭訕。
然後跟他走。
流失。

俊明　1997.10.28下午3:45于丹堤咖啡

親愛的：

憤怒遏抑不止。

正如遏抑不止地吃甜食。

妳離去不及一個月我便瘦了六公斤。

年底妳我再相見時，我恐又胖了。

憤怒遏抑不止。

當我把情緒丟向另一個人，

對著他咒罵別人時，

會不會，

其實我也在罵這個傾聽者？！

1997.10.29凌晨1:15

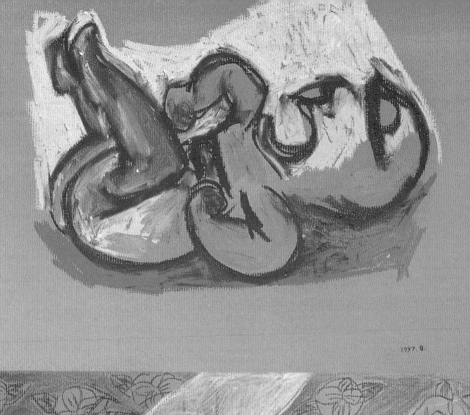

1997. 8.

親愛的：

這兩天真是糟到了極點。身體幾乎不能動。從脖子、肩膀
到背脊，都很痛。心情也很不好。

待在工作室。想拯救房子，想把衣服換季，但耗了一天也
沒幹嘛。

我想如果我臥病在床，有誰能來照顧我？
沒有。

還是很拿不定主意。但我猜，我會搬回苑裡。

俊明　1997.11.3凌晨1:20

親愛的，

能跟妳說什麼呢？

說生活上的不如意嗎？是很多。

我身體不舒服。

我整個人生動彈不得。

跟妳說這些是沒有意義的。

1997.11.3下午2:35　俊明

親愛的：

舊金山下雨嗎？

此刻台北正是陰雨濕冷。

無法想像一個星期之後看到的妳會是何等模樣？

胖些或瘦些？會是冷漠還是熱情的？

容光煥發或疲憊虛弱？

無論如何我都會給妳一個擁抱的。

以一個新人面對另一個新人的心情擁抱妳。

很希望能到機場迎接妳。

1997.12.2午后　俊明

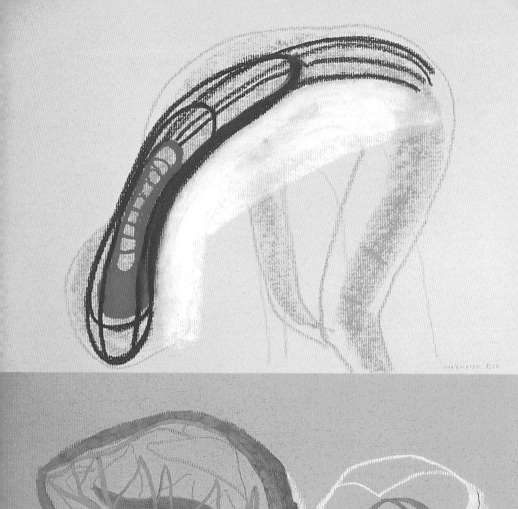
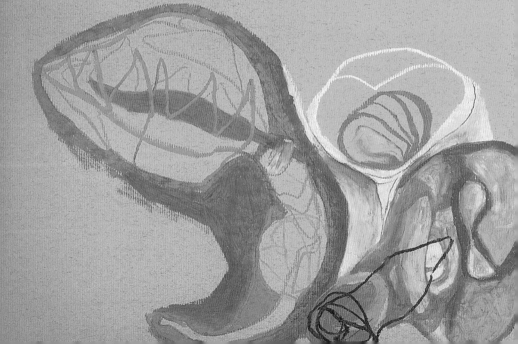

和一朵花談戀愛如何呢？

和一頓晚餐談戀愛如何呢？

和任何一個善意相待的人談戀愛如何呢？

戀愛是與萬事萬物的
深情對待。

一九九七.十二.四與中光晤談後

有一些新的整合與啓動

六腳侯氏于中和

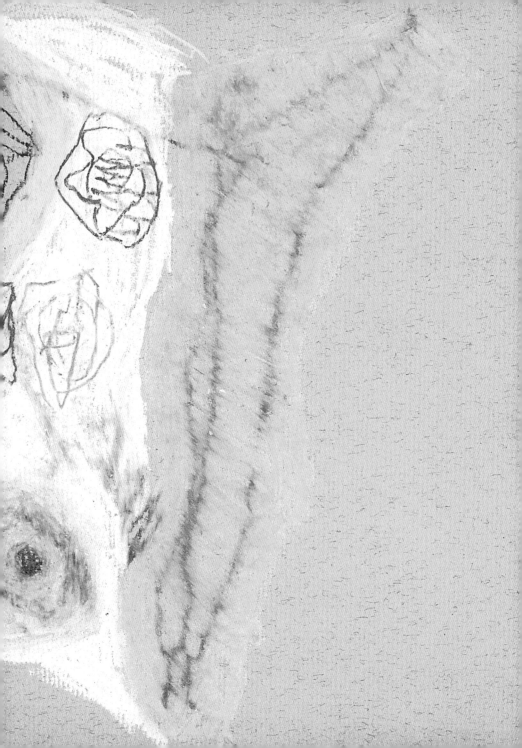

親愛的：

個別諮商才剛開始。很難說好或不好。

至少在過程中能有一些提醒是不錯的。

我的人生正面臨著巨大的改變。

我正努力撐著。不讓自己癱下去。

有很多的難題。

我的創作。我與自然。我要住哪裡。

我與妳的關係。

諮商師提議，何不趁妳回台期間一起做諮商，

就我和妳的部分做一次真實的面對。

1997.12.6

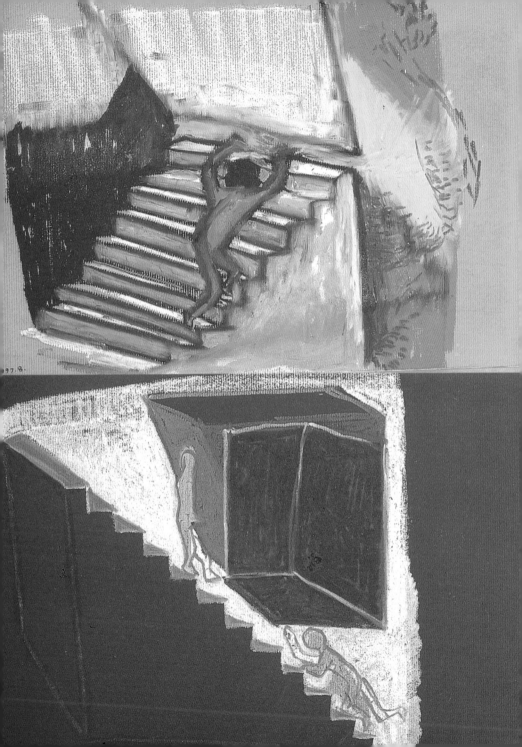

顏詠 1997.

1997. 9. H

親愛的：

當有衝突發生的時候，

壓力好大。

要去準確的陳述自己的感受，
好像是在向全世界宣戰。

1997.12.7

親愛的：

早上六點起床。去圓通寺。

回來看到妳傳眞的飛鳥。眞巧。

昨晚臨睡前特地拿出紙筆，爲自己的生日畫一張畫。

畫的即是飛鳥。

1998.1.11　俊明　中和

親愛的：

回台北已十一點。在火車上睡著了，恍惚中被廣播聲嚇醒，趕緊跳下車。愣在月台上，呆坐著，突然覺得很無力、無助、惶恐。

早上起床，依然清晰的感受著無力、無助、惶恐。

是生命的歷程被打斷，令我不安吧。

放音樂，動動身體。
我想應該有第二條、第三條路徑可走。

1998.1.13　俊明于中和

親愛的，這次趁我到美國時，懷孕，如何呢！我想，除了經濟能力之外，我的心智、情感已有較好的準備了。我的身體愈來愈壞。再不生就太老了。三十七歲了。

我已經逐步在生活裡擔任照顧者的角色。
妳爸爸媽媽也直說他們可以幫忙帶小孩。

親愛的，考慮考慮生小孩的事吧。

俊明　1998.1.15

親愛的：

一直到十二點鐘我還在猶豫要不要去上〈經驗性心理治療〉。

有一個春捲，前天的。沒放冰箱，熱來吃，酸酸的，但還是吃了。

有一顆蘋果，削皮了，一直放冰箱裡，可能是妳削的吧，那至少也有二十天了，也拿出來吃，知道不好吃，還是吃了。

吃完了也就決定不去上課。覺得這些瑣碎事務的處理才是真實、有血有肉的人生。把它們處理好，遠比去趕一場又一場的課程重要。

稍後我去泡澡，得了些安慰。覺得有力氣去上課了，但走出浴室已經是一點五十分。兩點鐘的課。算了，就光著身子跳跳舞吧。越跳就越覺得這個課程是我需要的。但已經錯過了。

俊明　　1998.1.16午后3:00

親愛的，要不要出門？要不要吃這？要不要參加聚會？……
每天爲大大小小的事猶豫不決，令我十分痛苦、消耗能量。

親愛的，但我發現，這是個不錯的發展。
以前比較目標導向，所以不顧過程是否傷人傷己，勇往直前。
現在比較過程導向，所以會時常停下來問：眞的是要這樣嗎？

親愛的，有一個我不同意的說法是說因爲我的生命主軸沒被建
立，所以才會搖擺、無法做選擇。
其實是因爲我的生命體質正在轉化。原來的體系被瓦解，新的
體系還在摸索。

親愛的，遺憾的是，此刻妳卻遠在美國，使得我的摸索更困
難。

分離，使我們單獨生存得很辛苦。

我二月十日要上人際溝通課程，所以可能搭九日的飛機回台
灣。

親愛的，我在舊金山的日子，不用特意安排去玩。
我想在屋子裡看書，去公園散步。
很簡單，就只是跟妳在一起。

1998.1.18　俊明于中和

親愛的：

如果半年後我來美國，把台北工作室搬到新竹。那麼B案比
A案多花六萬元。用六萬元換我的恐懼，如何？

1998.1.18　俊明于中和

烏龜

堅實．負重．退縮．

親愛的：

就客觀形勢與主觀意願而言，進入谷底，恐怕是我未來兩
三年必要面對的事實。

華航空難死亡兩百多人。

未來的這半年對我自己獨立成為一個人是個好機會。
親愛的，我會十分珍惜這獨處的半年。過得了這一階段，
再到美國與妳會合，將會有比較好的互動。
我將推辭掉所有展覽活動，好好面對、整理自己。

1998.2.17午后3:00　俊明于中和

親愛的：

雨一直下著。所以也一直沒出門。所以也一直沒吃東西。

回台灣面臨的是狼籍的工作室。

這是我要打的仗。

如果沒有辦法把工作室整理好就沒有辦法順暢的面對外面
的世界。

這對我而言，是個順序問題。本與末。

就好像如果我和妳關係不好，是疏離的，那麼我也無法與
他人建立好的關係。

1998.2.18晨4:45　俊明

親愛的，我面臨的是一個極大的崩解。

不管是經濟收入、社會成就或婚姻結構。

1998.2.18晨4:45　俊明

親愛的：

我不能讓我的內在生命、我的生活空間繼續癱瘓下去。

今早先靜坐。再舒展筋絡，最後跳舞。歷時約兩個鐘頭。

1998.2.24　俊明　中和

親愛的：

今日與香港朋友見面。

氣息沈穩的年輕人。59年次。

真希望可以跟他同住一段時間。學畫工筆。

他的畫充滿了細節。

這是我所欠缺的。我的作品幾乎不曾有細節，更別說能對細節有所耽溺、沈醉。

這也正如我的生活，缺少對生活細節的講究與享受。

這將是今後我要走的路。

第一步就是要enjoy在自己的臥房裡。

點紙燈。當然也學妳點燭火。

放自己喜歡的音樂。

新買的榻榻米漫著蘭草香。

1998.2.27夜　俊明

親愛的：

剛才從板橋火車站走了近一個鐘頭，走回工作室。

只要全心全意、專注走路，處在一個律動裡，

再遠的距離都不會令人疲憊、厭煩的。

自從上了「純眞自我工作坊」，走路也變成了一項自我修煉。

徒步在這沒有徒步空間的城市大路上。

三更半夜。

建議：好天氣，出去摸摸春天的嫩芽。

俊明1998.3.4午夜　中和

親愛的，花同樣的錢，讓我自己在台灣有個根據地，遠比
去美國流浪，是更值得的吧！

當然，也不能說我不期待到美國與妳會合，展開一個孤絕
的旅程。但我更希望可以早日安定下來，有自己的巢穴。

俊明　1998.3.4午夜　中和

親愛的，今早吃土司。不理想。

我希望可以在舒緩的節奏下抹醬、進烤箱。

神開氣定的吃土司，而不是交差了事的吞下去。

這對我還蠻難的。關於自得其樂。

1998.3.10　俊明于中和

親愛的：

偶爾，睡前還是會害怕。但愈來愈沒問題了。

去年，獨睡醒來會驚慌。因為失去配偶。

與獨睡無關的是，醒來會伴隨著各種劇痛。

早期是腹脹腹絞痛。幾乎是每天一醒來痛也就跟著來。
間歇性發生的是耳內劇痛，痛得無法動彈。
後來做腹部深度按摩、腹式呼吸，近來已不腹脹腹絞痛了。
但自妳離去，肩與背部卻與日劇增無時無刻不痛。
雖然身體伸展運動持續在增加，但似乎沒有幫助。

不過，獨睡醒來已不驚慌孤單無助了。

一個人獨睡的好處是，睡前與醒來是跟自己在一起的最好時
刻，而現在，這樣的時刻不被干擾、不用分心去照顧配偶的
需要。可以專注的做一些個人的練習。很完整。

俊明　1998.3.11　于中和

親愛的，我知道我要即刻上路。不能再對這婚姻有任何的
期待與等待。

成為一個孤單的人，繼續活下去。

我將找人陪我住。一星期三天。一個月六仟元酬勞。
不做任何事，只是讓我知道屋子裡有人。讓我可以在苑裡
待下來，重建家園。

當然，我要自己煮飯，但需要她帶領、陪伴。
讓我可以進入一個舒緩、愉悅的節奏。
在煮飯與吃飯當中有所安頓。救我自己。

1998.3.14　俊明于中和

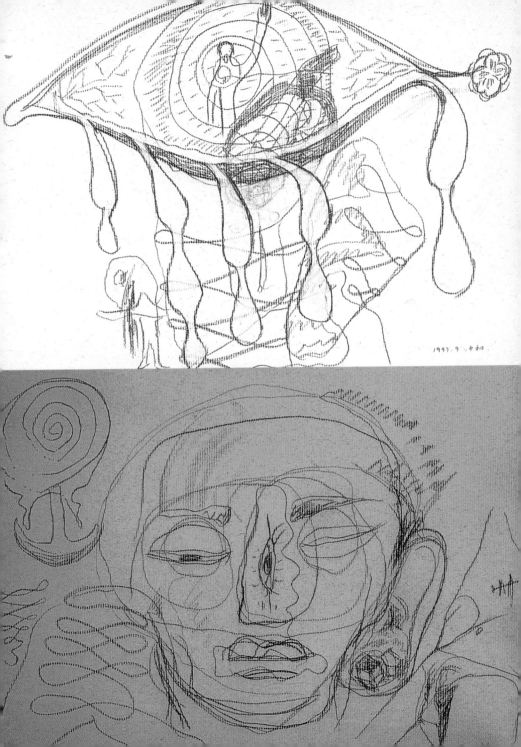

1999. 11. 26.
H

親愛的：

身體接觸真的很神奇。

還記得我跟妳提過我接受伊莎蘭按摩的體驗嗎？那是我的身體第一次有被愛的感覺。比做愛還要棒。

身體接觸真的很神奇。

還記得我跟妳提過我參加純真自我團體的經驗嗎？只是兩雙陌生的腳板不期然的相遇、表達善意，當下我便覺得一旦睜開眼睛看見這雙腳板的主人，我一定會愛上這個人。結果在那個剎那間湧現的愛意，必須在日後好幾次課堂的擁抱中去完結它。

親愛的，我親愛的，身體接觸是這麼神奇。

希望妳能帶著高度的覺察進入身心靈全方位的探索。注意自身的安全。同時，也很重要的是不要帶著絲毫的罪惡感，那會使所有的互動變成負面的經驗。

1998.3.17　俊明于中和

親愛的：

雖然我們正進入妳所謂的危險狀況裡，但我感覺我們是貼近的。

希望妳是基於「分享」的渴望而告訴我關於妳的一切。不是因爲我是妳丈夫有權利要求知道這一切。

親愛的，妳並不需要對我「交代」妳的所做所爲。

我不是妳的監護人。

但我願意成爲妳的支持者。照顧妳。滋潤妳。

很高興妳願意與我分享妳所有的經驗，這在我們的關係裡已成緊密的聯結。但我還是要很小心的提醒自己不能藉此進行監視與控制。

親愛的，妳是個自由人。妳的情感可以自由流動、妳的身體可以自由探索。而且我也愛這樣自由的妳。

俊明　1998.3.7 于中和

親愛的：

要和蚊蟲搏鬥。要和污濁地下水搏鬥。要和漏雨搏鬥、要和
濕氣搏鬥。更艱辛的是還要和一屋子的舊畫、舊資料、陳年
往事搏鬥。

苑裡這老房子代表著我和妳曾經努力要建立一個家庭。同時
也是我第一次放棄創作，試圖讓生命進入生活層面裡。不要
光只是創作，以至於其他什麼都是匱乏的。
這個歷程到現在還在進行中。之前並不順暢，搬上台北更有
著倒退。一直到妳離去，我才真正被迫要去面對這艱辛的旅
程。

苑裡是這麼貧脊。既不人文薈萃，也不山川秀麗。如果沒有
人協助、陪伴，我真不敢回去。

1998.3.27午時　俊明于中和

1999.11.10

親愛的：

我很挫折。無法打開我自己。無法和來訪的朋友說話。

可是這並不是我的本性。

和有些人在一起，會渴望讓他們進入自己的深層裡，會不斷
的要把自己掏出來。會想要有更多更多的展現、更多更多的
披露。同時也會想要多瞭解對方，想要有更多的接觸。期待
一個深刻的會合與分享。

似乎要找到「對」的人一起生活並不容易。

一個理想的伴侶關係是，你所能給出來的也正是對方所渴望
的。所以那個給予是一點都不費勁的。那個給予並不會構成
負擔。那個給予是芬香四溢的湧現出來的。

所以當你要求對方給予他所給不出來的東西時，那關係就會
變得十分辛苦。

不要再要求我要變成這個樣子或變成那個樣子。

我也很期待我的生命可以有一些新的開展。但當它變成是一
種要求時，就會很痛苦。

1998.5.13午1:30　俊明于苑裡

親愛的，由於空間使用上的需要，我正著手打包妳的東西。打包妳的東西。讓我覺得好悲傷。

從妳整理過的文件可以感受到妳在這個婚姻關係裡是多麼用心用力在學習、在扮演

妻子的角色。

1998.4.24晨

親愛的：

今日去苑裡鎮上。一輛慢駛的小發財車擋著我的去路。我既不趕路也沒氣力超車。緩緩的跟著。跟著跟著，突然湧現一個感觸，與妳分享。

我就好比是這輛發財車。

或，我們曾有的婚姻就像是這輛小發財車。

這輛小發財車曾載著妳到過許多地方。

當然，坐在這小發財車上的妳也絕不輕鬆。要注意路況。拋錨得幫忙推車。如果與人擦撞，妳還得下車與人爭論。即使沒事故，光是坐在這種貨車上就令人不舒服的。

現在，妳決定要下車。

妳認為將有更好的、更適合妳的旅行方式。

親愛的，再見了。但請妳下車時不要踹它一腳。

請妳不要以現在的狀況否定過去的旅程。

在這關係裡，我也盡心盡力。

只是我能力不足，無法跟上妳的需求。

請妳不要以受害者的姿態指控我們的婚姻。

我無法承受妳的否定。

1998.5.8午11:15　俊明

親愛的，

對一個離婚者而言，最大的難題是如何從「不適任」的挫敗中恢復自信。

親愛的，我還在努力如何讓離婚這件事變成是一個禮物、一個祝福、一個慶祝。

五月廿日是我們的結婚日

1998.5.14　俊明于苑裡

親愛的，油桐花季過了。

山谷裡的螢火蟲也消失了。

而今觸目可見的是鳳凰花。

火紅的大圓頂。

端午節，近了。

是妳的生日。

1998.5.24　俊明于苑裡

親愛的：

今日是端午節。

祝妳生日快樂。

昨夜臨睡前，默想著妳，

為妳抽了一張占卜卡。

信任

是張好牌。另類的生日禮物。

1998.5.30端午，午后於苑裡　俊明

HOU
12月18日

1997. 9. H

親愛的：

我會用我整個人生來證明妳是錯的。

我會用我整個人生來證明妳是錯的。

我會用我整個人生來證明妳是錯的。

我會用那個妳不要的舊的侯俊明

活得很精采而且幸福。

1998.6.15凌晨0:20　俊明

搏命創作。

這是我三十歲以前的生命狀態。

而今我卻在「迎」與「拒」之間擺盪著。

原因是，我不要讓創作再毀掉我的人生。

1998.6.4夜

親愛的：

這會是危言聳聽嗎？「我不要讓創作再毀掉我的人生」。

如果可以做一種極端的選擇，那麼我將選擇「家庭」而放棄「事業」。我將選擇成為「愛人」而放棄成為「藝術家」。

這陣子進入創作的戰鬥狀態之後，我很不喜歡我的人所呈現出來的品質。生活節奏大亂。無法跳舞。無法靜下來吃飯。無法專心開車。甚至無法散步。所以身體會疼痛。所以車子會拋錨。

坐臥行止無法停止思索創作的種種。

這就是全然吧！全然在創作裡。可是卻在犧牲我的生活、健康。如果我還有婚姻，我的婚姻品質也必然會被干擾。

「全然」是迷人的。但恐怕也是反人性的。

1998.6.4深夜　俊明

親愛的：

有時候，也眞還不相信　我們果眞就這樣離異了。

通常是，夜晚一人返回苑裡住所時

通常是，在煮飯、吃飯　一人咀嚼時

通常是，上床臨睡平躺時

恐慌地感覺著。

好像是自己的人生出了什麼大差錯。

怎麼會把自己搞得如此孤單。

在這荒蕪之地。

幾乎是每天都要漫漫地　遊蕩到鎮上。

好像缺了些什麼。始終買不齊全。

不夠用似的張羅著。

甜食是多了。

冰箱裡一定有蒟蒻。

一天要餵養幾次

我的孤單。

一九九八．六．十五 夜11:37　俊明于苑裡

親愛的：

今晚和國北師四位工讀生在火車站盡頭的一家餃子館吃飯，
想起我們也只進來吃過一次水餃。吃著，想哭。想到妳和我
在一起的日子，為了省這省那的，不捨得吃好、住好。真是
辛苦妳了。

1998.6.22凌晨1:20　俊明于苑裡

親愛的，我不明白

我不明白我為什麼沒有戀愛的雀躍欣喜。

我無法以興奮的心情告訴妳我將和這新識的女人展開新的
關係。

我不快樂。甚至這段新的關係令我很恐懼。

親愛的，妳的狀況也很令我困惑。

妳要在流沙裡尋找磐石？

妳要那崇尚自由的漂泊者給妳厚實的支持與承諾？

親愛的，農耕者何需學會航海技術？

1998.7.9　依然愛妳的　俊明

1998. 2. 25 俊明

親愛的：

好比，我是水中生物。妳告訴我，快來，這陸上陽光燦爛。

可是我的進化速度很慢，一時之間無法上岸。

親愛的，我知道，妳已等我許久。

雖然我並不嚮往陸上生活，但我嘗試上岸。

遺憾的是，妳對我的笨拙很不友善。

我不相信有所謂「兩個圓一起滾動」的描述。

如果圓已經成為一個完整的圓，它是不會和任何圓一起滾動
的。它是這麼流暢自由，它會到處與人會合，然後說再見。
兩個獨立而完整的圓怎麼可能「一起」滾動呢？只有當兩個
小圓結合成一個大圓，它們才有可能「一起」滾動。

妳說：「你是你，我是我，我要發展我自己。」

妳在我們之間畫了一條嚴峻的界線。

這是我不能接受的。

1998.7.11　俊明于苑裡

親愛的，

不應該「等待」。

「等待」是在殘害自己。

如果我是不完整的，我應該即刻想辦法盡各種努力讓自己完整，而不是待在原地等待妳回來讓我完整。更何況，我面對的是一個不斷往前跑、不斷在蛻變的人。如果妳對我們未來的關係並不確定，那麼，我將依憑什麼等下去？

我將為妳的感冒禱告。

1998.7.14　俊明

曾經期盼可以有一個守護神。

在我與社會之間做現實性的聯結。交涉。抵擋外在的紛擾。

忍受挫折與貧窮。退縮與孤僻。

讓我可以躲在她身後。成為藝術家。全心全力。

曾經她像個稱職的武警。堅毅地。

守護著我的創作。

謝謝侯太太

1998.8.16　六腳侯氏

1999.10.25. H

1999.冬.H

心愛的：

每一天都和妳在一起，

雖然屋子裡屬於妳的私人物品都搬走了，

但只要一整理東西，妳就又會再跑出來。

在妳蒐集的手工信箋裡。看見妳的少女情懷。

在妳整編的檔案夾裡。看見妳對我的事業付出心血。

在妳收摺好的整袋家電用品說明書裡。看見妳細緻的持家。

忍不住悲傷。

我好想衝出屋外。

真希望我們沒有離婚。

真後悔沒能留住妳。簽字了。

妳會像是飛出籠子的鳥嗎？

1998.9.8凌晨02:35　俊明于苑裡

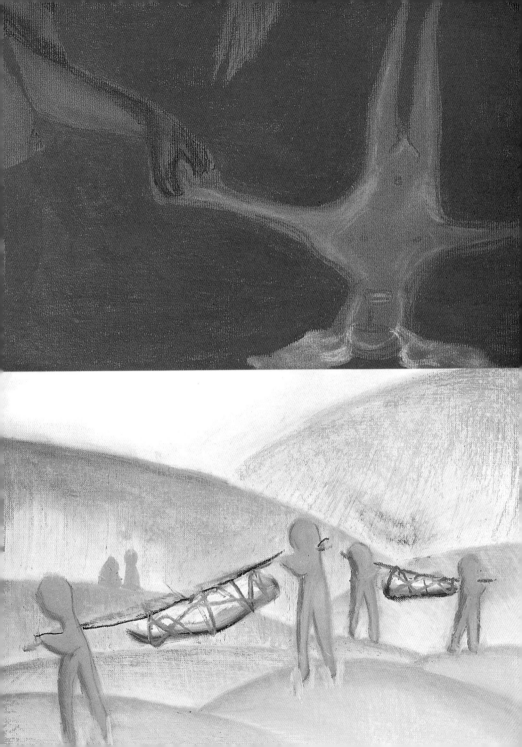

心愛的：

我們的關係是改變了。不只是婚姻在法律層面的消解。最重要的是角色的去除。

因為不用再扮演相關的角色、不用去承擔對方的生命。所以在互動上可以比較放輕鬆，如實的感受對方、表達自己。

可以比較真實。

1998.9.13凌晨0:45　俊明

親愛的，這幾年我的老父親總是會打電話來噓寒問暖，並且
要我回家看看他們。

有一種奇怪的感動、感傷。

嚴厲的父親何時竟變成了「母親」！

很希望我自己也有機會成為某個小孩的父親或母親。

單親也無妨。

星期一是中秋節。我將回嘉義。

1998.9.29午後3:30　俊明秋日于苑裡

親愛的：

從小就彎腰駝背。妳也經常提醒我要抬頭挺胸。但我就是做不到。

幾個星期前我去高雄參加一整天的奧修靜心營。隔天順便做了一次能量平衡的個案。治療師建議我可以把頭垂下來休息。這個建議很神奇：頭垂下來「休息」，頸往上移動，胸部就自然挺起，不必花大力氣努力讓自己挺出來。

之前因為胸部鎖住了，為了要看到前面，我必須把下巴抬起，脖子往後折，結果就被卡住了。以致於要打嗝。

今日做動態靜心，又意識到我頭是往後仰的。就好像我有好幾次做呼吸工作時，也都是仰著頭，乞求上蒼給予力量。

這讓我有很大的醒悟。

頭往後仰，對上是乞討，對下是傲慢、拒絕。

頭若低下，對上是承接，對下是觀照、給予。

是時候了。

這是蛻變的關鍵動作。

把頭低下來。

可以休息。可以臣服。可以給予。

1998.11.8 今日靜心的醒悟，甚至讓我覺得這就是我的生日

俊明生日

1999.11.5. H

HoU. 1999年12月23日. 坊裡.

親愛的，我的左肩膀已經痛很久了。經常覺得它就要報廢了。

左肩膀一被接觸，胃腸就要緊縮欲嘔。

治療師建議我用整個身體來感受它。

在更深的接觸與接納中，浮現出來的意象是十年前與交往七年

的初戀女友分手，宛若是我身體的一部分被切離了。

分手之後，生命裡有些東西癱瘓掉了。有些能力喪失了。

最明顯的是失去整理房子的能力。

一直到現在，徹底的，完全動彈不得。

我必須讓我的左手再長出來。

1998.11.8

親愛的：

目前妳的處境是，似乎是要把自己剝了皮、換了血，要重新改造、生出自己。

很遺憾，在蛻變的過程中我們未能順當的相互陪伴。

現在我所處的階段是——對自己的情緒敏感，並且盡可能的做情緒的表達。

以前我對於加諸於己身的事物不敏感，總要事過境遷，沈積一段時間之後才恍然感覺自己被侵犯了。

以前，若有情緒，大致是生悶氣。很少做適當的表達。所以當情緒累積到無法負荷時，只能以憤怒做唯一的表達。

我蠻喜歡我們曾經可以沒有顧忌的向彼此發洩怒氣。之所以可以這麼做是因為我們有很深的信任。瞭解這只是一時怒氣。對方並不會真要傷害我，而我也不會去傷害對方。

晨2:42 1998.11.28 俊明於苑裡

静心之前匐伏著流淚。因為想到自己在年初撰寫三十六歲遺書，說自己即將死去，現在卻仍一直緊抓著一些東西不放。連舊報紙都無力放棄。做死前掙扎，不願死去。

說要為臨死前的自己放進一些新的元素，要讓自己可以更容易腐化以滋養新生——成為一棵樹。一年來，我為這臨死的生命放進了什麼呢？奧修系統的靜心，和女人糾纏。

我為我這垂死的生命，做了什麼準備？

我還在往外抓、往外尋。

還未能安靜下來，貞候死亡與新生。

我想，我做的是不夠理想。但，我也一定做了些什麼吧！

我這一年做了——不恐慌，可以一個人煮飯。

> 可以沒有情緒，甚至以安慰自己的心情來為自己煮飯。習慣了廚房的操作。
>
> ——在表達上，在面對自己的感受、需求時，可以真實而誠實的呈現自己。不隱藏。有東西就把它說出來。真實、誠實。
>
> ——努力改善身體的病痛。照顧身體，積極的。
>
> ——上課。勇敢的上了一些課。做靜心。

1998.12.12　新竹　靜心後

1999.10.25. H

親愛的，今年初曾把「眞實」與「誠實」定爲年度生命重要課題。年終回顧，對此我覺得滿意。

與旭亞談話，旭亞問我現在覺得最重要的是什麼？

親密關係

旭亞建議我要和自己建立關係——接受我目前單身的事實，學習和自己相處。

希望新的一年裡，我在「和自己建立親密關係」的這方面能有更多的體驗。

祝新年快樂

1998.12.29　俊明於台中

有時候，光只是打開冰箱就會想到妳。

1999.1.2　俊明於台中

親愛的：

今日整理CD、錄音帶。感覺世界又重新運轉了。

前年在台北工作室獨居時慣聽的CD已散落。而今找出CD架又將它們分門別類上架了。在沒有妳的日子裡，陪伴我一路走來的音樂又回到身邊了。音樂回到這個房子了。

吃完晚飯又接著整理錄音帶。全都是五到十五年前，認識妳之前聽的音樂。

清理這三大箱錄音帶，感覺自己變得既厚實又有立體感——個人的歷史在十幾年的錄音帶裡被充滿細節的喚起。

不同的階段聽著不同的音樂。雖未刻意由此與自己的生命史做聯結，但自我的「完整感」卻在與「歷史」片刻的遭逢中即刻湧現。

我要留在苑裡這老房子，好好重建家園以及我自己的生命史。

1999.1.4凌晨5:15　俊明於台中

親愛的：

方才做完動態靜心。

這是我每天早上醒來，做的第一件事。之後洗澡、洗衣服、吃早餐。

聽許多人分享，連續做動態靜心二十一天會有蛻變。

我當然也期待蛻變。但光就每一日的靜心，在進行的當下就會有很不錯的回饋了。

例如剛開始的十分鐘強而有力的混亂呼吸，對自己一天能量的帶動是很強勁的。

第二階段，發洩十分鐘，清掃前一天累積在身上的情緒。

第三階段，跳躍十分鐘。在體力與意志上不斷自我超越。

第四階段，全然靜止不動十五分鐘，保持對當下自身的觀照。

最後跳舞慶祝十五分鐘，

真好，每日早上跳舞。

這是我每一天的努力。喜悅。能量。

也祝妳能找到一個屬於妳現階段所需的「法門」。

天天精進。洗滌。結晶自己的生命體。

1999.1.5近午　俊明於台中

親愛的：

今日整理主臥房。同時也把崩塌的牆壁補平。

我很願意花時間、精神、金錢改善這房子。

不記得是誰說的：你即是你所擁有之物。

這個老房子代表著我的婚姻生活。家。我自己。

我正在建構一**個人**的家。

還有一隻貓。牠經常被迫在外覓食。

我也要把牠安頓好。

1999.1.5夜半　俊明於台中

親愛的：

很高興很感動妳願意一次又一次地回看我們曾經一起走過的歷程。

現在有兩個奧修門徒來幫我整理房子。付費。

雖然是幾近於休假似的工作效率，我仍因有人陪伴而感激著。

雖然我的經濟狀況也撐不久了。

整理房子，一定會碰到妳。無時無刻。任何事物。即使只是一張小紙片。很感念妳。

不過這房子也快變成另一個樣子了。中堂擺放著四開大的奧修黑白照，供著花。客房所有東西也都搬空了，重新上漆。

可是無論如何，這房子還是屬於妳和我的。

共同的記憶。理想。家。

俊明　1999.1.23 凌晨2:56

親愛的：

昨夜收到妳的傳真。今日總忍不住地想哭。

每日清晨做完奧修動態靜心，總會五體投地匍伏良久。感謝所有與我有所交會、連結的人。包括所發生的任何衝突、折磨、扶持與陪伴。

今日做完動態靜心亦不例外的五體投地，一一點名感謝。

想到我們已不在一起相互陪伴成長，格外感傷、欲泣。

真希望我們還可以是在一起生活的伴侶。

只是，這樣的心願雖很真實，卻不符事實。

一方面，我堅持要把苑裡老宅整理好，重建家園。這個家園，別的女人是進不來的。但現實上我又很需要別的女人的陪伴、協助。我很努力在「抓人」。

這是矛盾的。在內心深處，我自己很清楚地知道妳依然是我的妻子。

即使我和別人再婚，妳仍然會住在我內心深處「妻子」的神殿裡。

但那又是何等嚴重的失落。

不能再分裂下去了。

1999.1.24凌晨3:30　俊明于苑裡

親愛的，外頭有著鞭炮聲。是過年了。

過年是很令我焦慮的。尤其是今年決定不回家過年。

但又不可能不過年。

整個大環境都指向著過年這件事。

不可能置身度外。

我試著採買年貨。

廚房裡的食物可以用「堆積如山」來形容。

黑豆。紅豆。蓮子。薏仁。

菊花。桂花。茉莉。玫瑰。薰衣草。

冬瓜糖。龍眼乾。葡萄乾。紅豆乾。小魚乾。

明日再買些青菜。

也要買新內褲。紅色的。準備除夕夜換穿。

在某些關鍵時刻穿上紅色內褲是對自我蛻變的期許。

1999.2.14凌晨3:39　俊明于苑裡

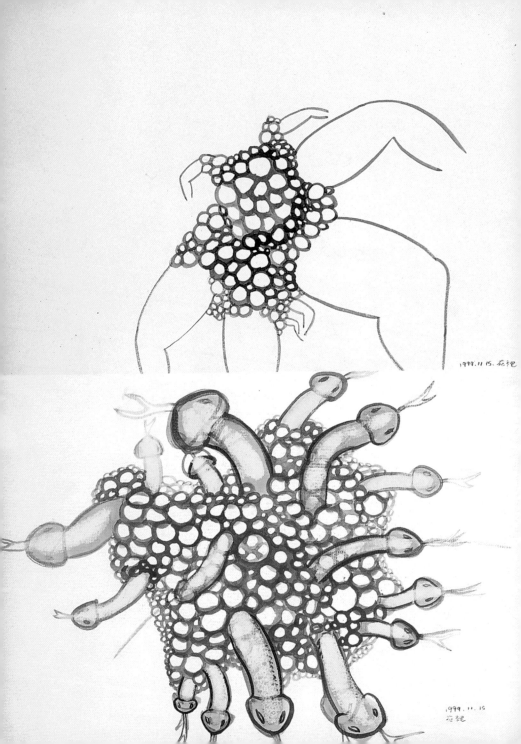

1999.11.15. 花艷

1999.11.15
花艷

出了門就害怕回到家裡來。

愈晚愈想逃。

可卻也無處也逃。

今晚從竹南開車回來。不到五十分鐘的車程，卻在八點鐘上路之後直到凌晨一點才回到家。

真不想回來。沒有力氣回來。

沒有力氣回來面對孤單無助。

1999.2.14凌晨3:39　俊明于苑裡

親愛的：

年夜飯近了。可是，要去與誰團圓呢？

1999.2.15凌晨

親愛的，太累了。居然坐在書桌前就睡著了。

躺平睡覺是這兩年肉體最大的痛苦。

十年前，躺平睡覺是生活裡最大的慰藉。在外衝鋒陷陣往往三更半夜才回到公寓，衣服也懶得脫，倒頭便睡。隔天，鬧鐘鈴響，翻身即起，又趕出門拚命去了。

現在依然能很快就入睡。但一躺下就腰痛。早上醒來更是動彈不得。即使只是翻身要按掉鬧鈴也是痛楚難當。

白天。一舉手一投足也都是痛苦艱辛的。

前天又去看中醫。也很貴。已經看兩次了。

只是把脈拿藥粉，一次二千六佰元。

說我患了「僵直性脊椎炎」。

關節會逐漸骨化。最後整個脊椎硬化變成一根棍子。

目前，我只有在杵著不動時才不痛。

1999.2.15午1:07　俊明

1999.
H

1999.10 苑美也

親愛的：

除夕的傍晚，我徒步走屋後的山丘小徑，快步走了一個半小時。

今日，大年初一，我又出門去散步。一樣是屋後的山丘。

往上走到沒路了，再順著枯河床往下走。直到六點多才回到家。吃藥，然後在中堂做一個小時的「亢達里尼靜心」。自己煮東西吃。

這兩天都在傍晚時候出門散步。這讓我想到我們一起在苑裡的生活。

幾乎是每一天也都在四點鐘左右騎著我那輛老野狼機車出門去看風景、探路。然後在野地裡做愛。

我很懷念這樣的日子。

覺得我們是契合的。志趣、品味、節奏都相近。可以一起工作。一起遊玩。一起生活。一起談話分享。很全面。很放鬆。

真希望，妳回台灣還能有機會來苑裡住住。

1999.2.17凌晨1:24　大年初一　俊明于苑裡

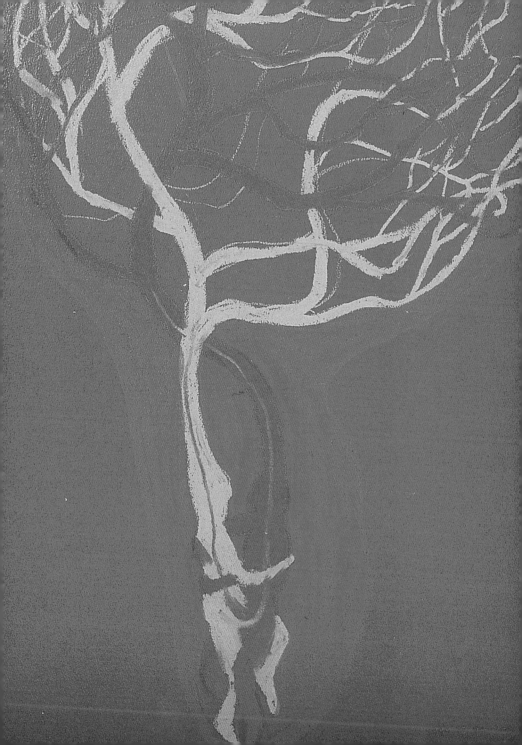

親愛的：

還需要佛洛依德《夢的解析》嗎？

去年夏天拍的照片？

梵谷書簡？

為了寄《梵谷書簡》給妳。我去買了。這幾天睡前、醒後我就隨手翻閱。蠻有意思的，在我的三十七歲重看梵谷。

感受還不明晰。但是強烈的。

少年。《梵谷傳》是我的聖經。上了大學就不再喜歡梵谷，很不希望自己的人生也落到那般境地。此後梵谷就不再出現在我的思惟裡了。

日前我帶楊媽媽去看拉斯馮提爾的電影〈白痴〉。如果舊金山也放映的話，建議妳去看。

今日做「動態靜心」。有一個悲傷的情緒。很希望可以沒有後顧之憂的讓自己在這屋子裡徹底的癱瘓掉。

有一個清晰的意象：我不要再往前走。我要待在這兒。我要在這兒癱瘓。

苑裡1999.2.18 大年初三中午　俊明

親愛的：

田裡的油菜花近日紛紛被翻土覆沒。

浸泡著。

屋子周遭的田地又都變回了水田景緻。

廚房水泥地面又開始反潮。

蛙鳴四起。

木棉花開了。

我將掛號看西醫。

1999.2.26凌晨2:32　俊明于苑裡——蜜拉舞廳

「蜜拉舞廳」是我在這新的年度爲老房子取的新堂號

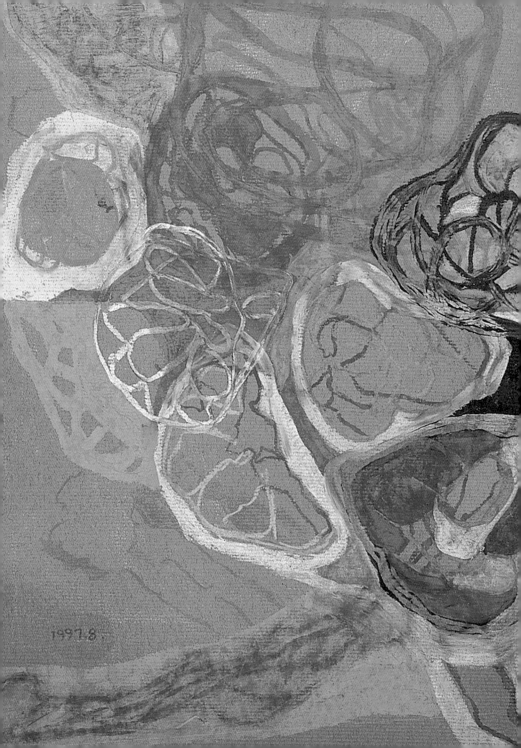

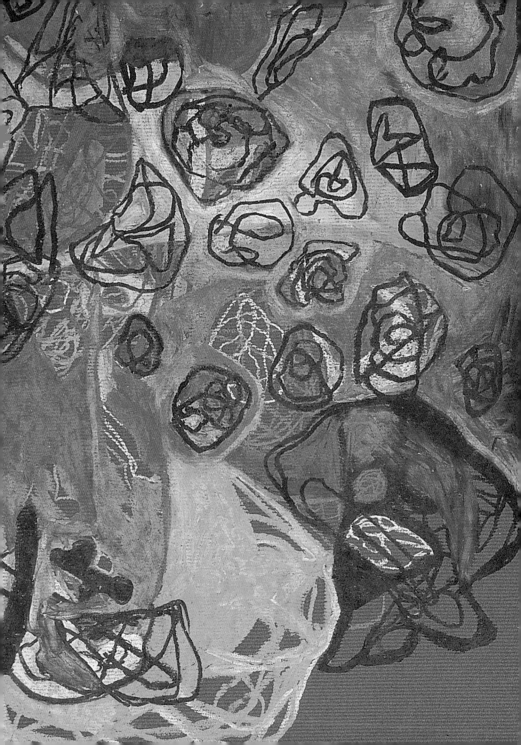

親愛的，春天

夜半聽蛙鳴，很有幸福感。

1999.3.6凌晨1:57　俊明于苑裡

親愛的，妳問我關於「戀愛」。

關於戀愛，我也很無助。

我很孤單。我跑來跑去。我很疲憊。
我不斷地訂定時間表，要結束一個消耗性的關係。
但到目前為止我也還在拖延。

戀愛的準則很簡單。當妳感受不到愛的時候，也就是
該離開的時候了。
如果無法離開，
除了「貪婪」、「懦弱」，
我想不出還有什麼原因。

祝福妳

1999.4.19　俊明於苑裡　晨8:14

啊！

親愛的，此刻我正坐在麥當勞裡。等待沖印店洗出我最近的攝影。

雖然年近四十，但對日常事物的感受卻仍常是「啊！」

最近生活裡經常浸漫著幸福感。但同時也一直存在著一種很深很深的悲傷。

我的整個身心都還在哭泣。失去妳。失去和妳的婚姻。失去和妳一起形成的生命情境與節奏。

在麵包店裡、在生鮮超市裡、在駕車途中……突然憶起妳。悲傷湧現。忍不住流淚。

我整個生命都還在對妳說Yes。

好像是這樣的：我還在等待妳回來。

可是卻也不全然是。

生命好似急駛的列車。目不暇給。不斷有新的遭逢。

親愛的，我就要離開麥當勞了。進入市街。穿越田野。

不曉得會有什麼樣的遭逢。

我愛妳。

1999.8.2晨10:20　俊明於新竹麥當勞

親愛的，此刻我已回到苑裡家中。

光著身子。汗流浹背。

好像有什麼事情將要發生。也好像它已經在發生。

我睜大著眼睛。

我張大著嘴巴。

好像有什麼事情就在發生。

我謹慎地深深地

呼吸。

貞靜地等候。

我的子宮。

1999.8.2下午2:50　俊明於苑裡

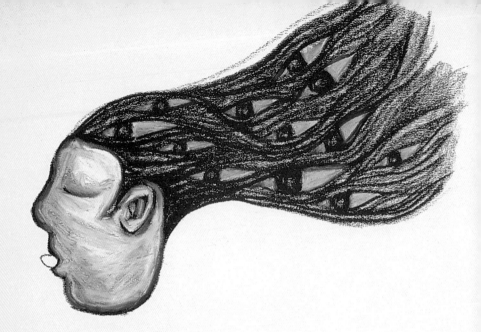

1999.11.22. 英绳

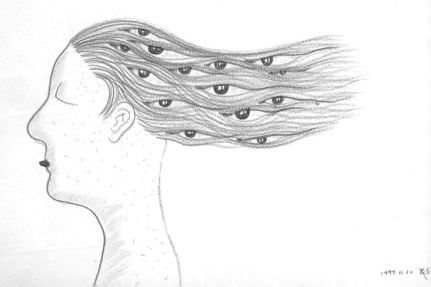

1999.11.22 英绳

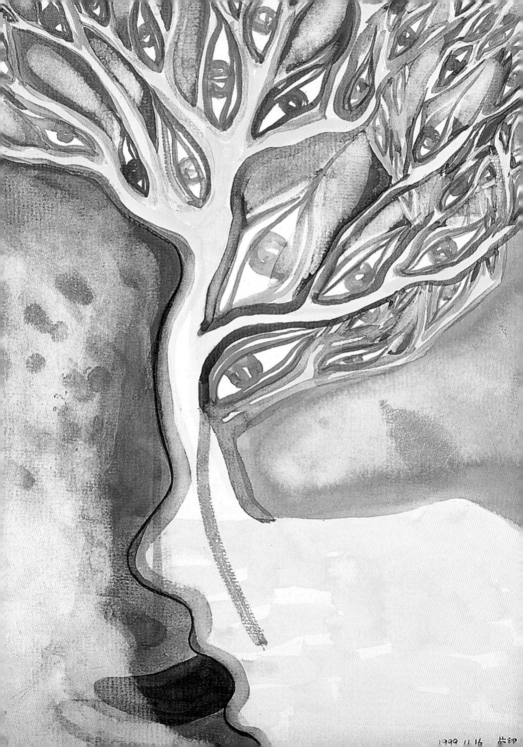

1999 11 16 若詩

親愛的：

我目前的狀況是，有一些性伴侶，但沒有女朋友。

所謂「沒有女朋友」是說，沒有人可以進入我的生活，參與我的生活。沒有人可以進入我生命的核心。沒有人是我可以給予承諾的。

我目前的狀況是，

在我愛的殿堂裡依然供奉著妳。

我目前的狀況是，爲了製作這批去紐約展覽的作品，花掉我一年的生活費，存款所剩無幾。

我需要妳的班機編號。

1999.9.6 0:11 俊明於大甲

親愛的，我失落了些什麼。

待在這古老的房子裡，要耗費極大的能量和孤單對抗。

一個人活著，好緊張。

我要安慰。

但能找誰安慰呢？而且

若我不能孤單的守著我自己、陪伴我自己

若我不能孤單的產生行動力，

老是想著是不是有什麼人可以來幫助我、陪伴我。

那是不是，我又錯失了什麼？

1999.9.24中秋節

親愛的：

秋天的陽光眞是美極了。

這陣子都差不多六點起床。先畫了一張畫，再去爬山。
傍晚四點又再去爬山。回來又再畫一張畫。
其他的白天時間（其實扣除烹調，剩下的時間也不多了）
在舒服的節奏下收拾我的「家」。

一天當中如果能夠既畫畫又遊山玩水，
而且也整理了房子，就會覺得紮實。
如果荒廢了房子，無論多麼用功畫畫，依然有空虛感。

入夜之後覺得冷。尤其風大，吹得門窗發出各種撞擊聲。
在這荒野古宅。

1999.11.1 俊明于苑裡 圳鳴之家

1997.9. 日

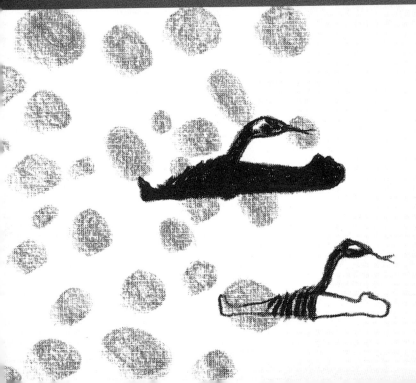

1999.11.5. 范禮

答錄機裡有妳的留言。

死亡。一連幾天夢見自己死亡。但全都忘了內容。
今晨，在夢與清醒之間，掙扎久久。
終於被一通電話吵醒。
只記得有無限驚恐。

是我的記憶不好嗎？最討厭記不住夢。
但這恐怕也是一種不得已的自我保護吧。
不然那麼多噩夢被記住，
在現實與非現實之間一定會形成恐怖的**糾纏**。

1999.12.18 俊明于苑裡

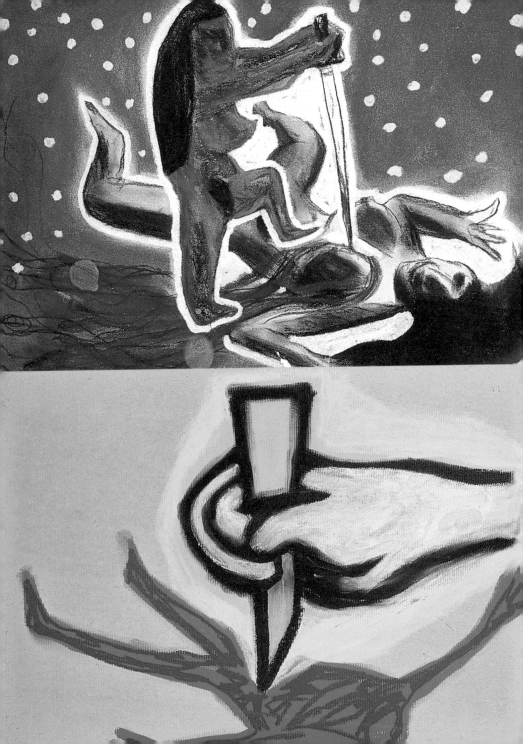

親愛的：

我為三十七歲生日閉關十天。禁足、禁語、禁慾、茹素。

出關之後，一個星期以來不是朋友來拜訪就是我出門訪友去了。待回到可以獨處、做靜心時都已經三更半夜了。

方才做完靜心，我問奧修禪卡，關於我竟是這麼「忙」。

開花

目前你好像一座充滿著花朵的花園，

有著來自四方的祝福。

歡迎蜜蜂，並邀約小鳥來飲你的甘泉。

將你的喜悅散播出來，跟大家分享。

分享你的醒悟，分享你那來自彼岸的歡舞。

1.17

進入命運交織的城堡。

夢見我出生。第一天就會走路。第二天會說話。

花園裡還有其他的媽媽和小孩。

我牽著這個會說話會走路，出生才兩天的自己。

在小徑上、在灌木叢裡。

尋找被鋸斷的竹節。

想在隱匿處尿尿，

花園女主人

總是不期然的出現。

2000.1.25 俊明于圳鳴之家

親愛的：

我的節奏變慢了。

要的是能專注的分享，並充分的感受當下眼前與我互動的這個人。現在能接聽電話的時間變少了。如果我正在靜心、寫作、畫畫，或恰巧有訪客，也就只能讓電話響著，沒辦法像以前可以立即放下手邊正在進行的事飛奔去接電話。

探索自己的內在是很消耗能量的。雖然表面上也並沒有什麼了不得的事在忙，但卻沒有什麼心力可再與外在世界對應。

閉關之後，我將能量向內轉，要看住我自己，淬煉我自己。若與人有所互動，就比較是分享，而不是索求。

1.25　俊明於圳鳴之家

今晨起床，暫不依例寫作。先到後山散步。思索關於我邀請
妳來住。
回到屋子唸唱了幾回大悲咒之後開始寫作。自問自答。
此即午飯後，我朗誦於妳的。

在邀請妳來住的對談中，
我看到我自己這麼害怕失去我現在所擁有的。
我很難過我是這麼小氣、這麼小心翼翼，
深恐又會失去什麼！

我多麼希望我可以給出我的所有。
但瞬間我又縮回自我保護的城池裡。

妳離去了。我好悲傷。
但我既無所求於妳，何來失落感？

我好悲傷。可是這有什麼意義呢？
唸一段魯米的詩吧。

　　日落有時看起來像似日出。
　　你能辨識出真愛的真面目嗎？

　　你在哭，你說你焚燒了你自己。
　　但你可曾想過，誰不是煙霧繚繞。

2000.2.2夜　　俊明于圳鳴之家

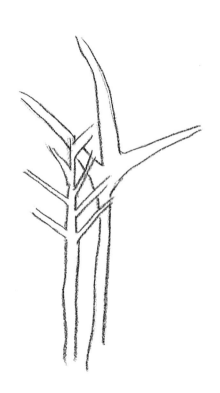

後記

一朵曾經盛開的花凋落了，我們會說它是失敗的嗎？

死亡並不代表結束。結束也並不代表失敗。

就像任何事物都有其生命週期。
婚姻也有它死亡的時候。

追究死亡原因或許可以增長智慧。
但無益於彌補自己的空洞。

所有的努力無非是要讓自己活得沒有遺憾。

曾經在我身體五臟六腑裡，被我全然感受著的愛人，離開了。

我願意。我願意盡我所能的繼續支持她。追尋夢想。

我也願意繼續蛻變我自己。
雖然身體的病痛、生活上的無能所帶來的沮喪感很難被超越。
但苑裡傾頹的老房子已經被翻修得宜室宜家了。
應允著愛，鳥語花香，流著奶與蜜。

我願意。我願意卓然而立，成為一棵大樹。
根著於地，滋養，守護著新的婚姻新的家園。

阿柔洋

大塊文化 讀者回函卡

謝謝您購買這本書，為了加強對您的服務，請您詳細填寫本卡各欄，寄回大塊出版 (免附回郵) 即可不定期收到本公司最新的出版資訊。

姓名：_____ **身分證字號**：_____

住址：_____

聯絡電話：(O)_____ (H)_____

出生日期：_____年_____月_____日　E-mail: _____

學歷：1.□高中及高中以下　2.□專科與大學　3.□研究所以上

職業：1.□學生　2.□資訊業　3.□工　4.□商　5.□服務業　6.□軍警公教
7.□自由業及專業　8.□其他_____

從何處得知本書：1.□逛書店　2.□報紙廣告　3.□雜誌廣告　4.□新聞報導
5.□親友介紹　6.□公車廣告　7.□廣播節目8.□書訊　9.□廣告信函
10.□其他_____

您購買過我們那些系列的書：
1.□Touch系列　2.□Mark系列　3.□Smile系列　4.□Catch系列
5.□tomorrow系列　6.□幾米系列　7.□from系列　8.□to系列

閱讀嗜好：
1.□財經　2.□企管　3.□心理　4.□勵志　5.□社會人文　6.□自然科學
7.□傳記　8.□音樂藝術　9.□文學　10.□保健　11.□漫畫　12.□其他_____

對我們的建議：_____
_____
_____

國家圖書館出版品預行編目資料

36歲求愛遺書：一位失婚男子寫給前妻的102封信／
侯俊明作；－－初版.－－臺北市：大塊文化，
2002【民91】
面； 公分.－－(catch；47)
ISBN 986-7975-35-9(平裝)

856.286　　　　　　　91009537

LOCUS

LOCUS